EU ACREDITO EM UNICÓRNIO

EU ACREDITO EM UNICÓRNIO

Michael Morpurgo

Ilustrações: Gary Blythe

Tradução: Monica Stahel

Ortografia atualizada

SÃO PAULO 2009

Esta obra foi publicada originalmente em inglês com o título
I BELIEVE IN UNICORNS
por Walker Books, London
Copyright © 2005 Michael Morpurgo para o texto
Copyright © 2005 Gary Blythe para as ilustrações
Publicado por acordo com Walker Books Limited, London SE11 5HJ
Todos os direitos reservados. Este livro não pode se reproduzido, no todo ou em parte, estocado em sistemas eletrônicos recuperáveis nem transmitido por nenhuma forma ou meio eletrônico, mecânico ou outros, sem a prévia autorização por escrito do Editor.
Copyright © 2009, Livraria Martins Fontes Editora Ltda.,
São Paulo, para a presente edição.

1ª edição *2009*

Tradução
MONICA STAHEL

Acompanhamento editorial
Márcia Leme
Revisões gráficas
Maria Luiza Favret
Márcia Leme
Produção gráfica
Geraldo Alves
Paginação
Moacir Katsumi Matsusaki

Dados Internacionais de Catalogação na Publicação (CIP)
(Câmara Brasileira do Livro, SP, Brasil)

Morpurgo, Michael
  Eu acredito em unicórnio / Michael Morpurgo ; ilustrações Gary Blythe ; tradução Monica Stahel. – São Paulo : Editora WMF Martins Fontes, 2009.

  Título original: I believe in unicorns.
  ISBN 978-85-7827-132-9

  1. Ficção – Literatura infanto-juvenil I. Blythe, Gary. II. Título.

09-03140   CDD-028.5

Índices para catálogo sistemático:
1. Ficção : Literatura infantil   028.5
2. Ficção : Literatura infanto-juvenil   028.5

Todos os direitos desta edição reservados à
Livraria Martins Fontes Editora Ltda.
Rua Conselheiro Ramalho, 330 01325-000 São Paulo SP Brasil
Tel. (11) 3241.3677 Fax (11) 3101.1042
e-mail: info@wmfmartinsfontes.com.br http://www.wmfmartinsfontes.com.br

Para meus netos, Alan e Laurence — M.M.

MEU NOME É TOMAS POREC. Quando vi o unicórnio pela primeira vez, eu tinha apenas 8 anos, e isso foi há vinte longos anos.

Cresci e vivo até hoje numa aldeia que, pelo seu tamanho, pode ser considerada uma cidade. Escondida num vale distante, os viajantes que passam por ela decerto acham que lá nunca aconteceu nada de importante, pois é uma cidadezinha pacata demais. Mas não é verdade, pois lá aconteceu uma coisa muito importante, ao mesmo tempo assustadora e maravilhosa.

Na minha infância, este lugar era meu mundo, cheio de encantos que eu bem conhecia. Eu era filho único, por isso passava a maior parte do tempo perambulando sozinho por todo lado. Conhecia cada ruela, cada poste de iluminação. Conhecia todas as casas e todos os seus moradores, e também seus cães. Morávamos nos limites da cidade, numa casa de fazenda, e da janela do meu quarto eu avistava a torre da igreja, que se destacava acima dos telhados das casas. Nas tardes de verão, eu gostava de observar os bandos de andorinhões que voavam aos gritos em torno dela. Gostava do som

grave do sino da igreja, que permanecia ecoando longamente no ar. Mas ir à igreja era diferente. Fazia tudo para me esquivar dessa obrigação. Preferia ir pescar com meu pai, que também não gostava de igreja. Minha mãe e minha avó iam sempre, religiosamente.

Com ou sem igreja, o domingo sempre era o melhor dia da semana. No inverno, meu pai e eu íamos escorregar de

trenó pela encosta da colina. No verão, íamos nadar nos lagos e, ao pé das cascatas, ficávamos rindo e gritando, alegres, sob a água gelada. Às vezes saíamos em longas caminhadas pelas montanhas e observávamos as águias que pairavam sobre os altos picos. Percorríamos as florestas, sempre em busca de vestígios de cervos, javalis ou mesmo ursos. Com frequência até vislumbrávamos algum desses animais por entre as árvores. De vez em quando parávamos um pouco, em silêncio, para sentir a paz e assimilar a beleza daqueles momentos. Ouvíamos os sons da floresta, o sussurro do vento, o uivo longínquo dos lobos, animais que eu tanto desejava ver mas nunca vi.

Também fazíamos piqueniques. Íamos todos, minha avó, minha mãe, meu pai e eu. Depois, enquanto os adultos dormiam deitados ao sol, eu subia a colina e rolava pela encosta, infinitas vezes. No fim, deixava-me cair deitado de costas, sem fôlego, tonto de felicidade, sentindo as nuvens e as montanhas girar à minha volta.

Eu não gostava da escola, mas minha mãe era muito mais severa com relação à escola do que à igreja. Nos dois casos, meu pai tomava meu partido. Dizia que a escola e os livros nunca fizeram muito bem a ele e que minha mãe exigia demais de mim. "Ele aprende muito mais em um dia nas montanhas do que em uma semana na escola", argumentava. No entanto, minha mãe era inflexível. Nunca me deixava faltar às aulas, nem mesmo quando me queixava de dor de barriga ou de cabeça. Eu nunca conseguia enganar minha mãe, não sei por que ainda me dava o trabalho de tentar. Ela me conhecia e percebia muito bem meu joguinho. Sabia que eu era capaz de mentir descaradamente, de inventar qualquer coisa para não ter que atravessar o portão da escola e entrar na fila, para não ter que ficar fechado entre as quatro paredes da sala de aula, para não ter que enfrentar as perguntas intermináveis da professora nem a zombaria dos colegas quando não acertava a resposta, o que acontecia com frequência. Assim, dia após dia, lá ia eu para a escola. Ficava contando as horas, ansioso para que o tempo passasse depressa, sempre com os olhos voltados para as montanhas e as florestas onde tanto desejava estar.

Todas as tardes, assim que terminavam as aulas, eu voltava correndo para casa, comia meu pão com mel e saía para brincar, o quanto antes. Não é que eu não gostasse de pão com mel. Pelo contrário, adorava. Além do mais, sempre saía da escola com muita fome, minha mãe fazia o melhor pão do mundo e meu pai também fazia o melhor mel do mundo, quer dizer, quem fazia eram as abelhas dele. Meu pai era apicultor e, também, um pouco fazendeiro. Nós tínhamos uma pequena fazenda, ou seja, algumas cabras na colina, alguns porcos no chiqueiro, galinhas no galinheiro e duas vacas no curral. Mas o mel era sua produção principal. Ele tinha dúzias de colmeias nas encostas da montanha, portanto, nunca nos faltava mel. Para mim nunca era demais, eu adorava principalmente os favos, embora depois ficasse com pedacinhos de cera grudados nos dentes. O que eu não aceitava com tanto gosto era a caneca de leite que minha mãe sempre me obrigava a tomar antes de sair para brincar. "Leite fresquinho, tirado na hora", ela dizia. "Faz muito bem." Fizesse bem ou não, eu detestava leite. Mas acabei aprendendo a engolir tudo de uma vez, para não sentir o gosto. E também sabia que, quanto mais depressa eu engolisse, mais cedo poderia sair correndo para minhas montanhas adoradas. Às vezes eu ia com meu pai, no inverno para alimentar as abelhas, no verão para colher mel. Eu adorava estar ao lado dele, trabalhando de verdade. Só que eu preferia ficar sozinho, mas nunca lhe disse isso. Sozinho, eu podia ir aonde quisesse. Sozinho, eu deixava meus pensamentos e meus sonhos correrem à vontade. Podia soltar a voz para cantar, podia levantar voo com as águias, podia viver na floresta com os cervos, javalis, ursos e lobos invisíveis. Sozinho, eu podia ser eu mesmo.

Uma tarde, depois das aulas, estava terminando de tomar meu leite quando vi minha mãe vestir o casaco para sair.

— Preciso fazer compras, Tomas. Quer vir comigo?

— Detesto fazer compras — respondi.

— Eu sei disso, Tomas — ela disse. — Por isso pensei em levá-lo à biblioteca. É um programa diferente. O dia está feio e chuvoso, não tem cabimento você sair perambulando por aí com um tempo desse.

— Mas eu quero — insisti, já sabendo que ela não ia me dar ouvidos.

— Você vai se molhar, Tomas. E vai acabar ficando doente. Além do mais, você só sabe ficar andando por aí, escalando essas montanhas. Se não tomar cuidado, vai criar quatro patas e um par de chifres, e vou acabar sendo mãe de um cabrito montês. Nada disso, desta vez vamos à biblioteca. Não se preocupe, não precisa fazer compras comigo. Eu vou sozinha, enquanto você fica na biblioteca. Parece que a nova bibliotecária sabe contar histórias lindas. Vai ser divertido.

— Não vai ser nem um pouco divertido — retruquei. — Detesto histórias e, além do mais, nenhuma história é linda. Já temos histórias demais na escola.

Eu sabia que minha mãe não ia mudar de opinião. Sabia que para mim a batalha estava perdida. Mesmo assim, continuava lutando, continuava protestando veementemente, enquanto ela me vestia o casaco.

— Vai ser bom para você, Tomas. Todo o mundo diz que essa nova bibliotecária é maravilhosa. Todas as tardes ela conta histórias para as crianças que queiram ouvir.

— Mas eu não quero ouvir — protestei. — Não vai ser bom para mim de jeito nenhum.

— Isso você só vai saber depois de ouvi-la, certo?

Ela me segurou firme pela mão e nós saímos correndo pela rua, debaixo de chuva. Não era bem ela que me puxava com força, minha mãe jamais faria isso, era eu que ia arrastando os pés, resistindo ao máximo, para mostrar que não me entregava facilmente, que estava indignado por ela tolher

minha liberdade. Finalmente, em parte porque todo o mundo estava olhando, desisti da luta desigual e fui andando ao lado dela como um cordeirinho. Percorremos toda a rua principal, passamos na frente da prefeitura, subimos as escadas e entramos no saguão da biblioteca. Minha mãe me ajudou a tirar o casaco encharcado e o sacudiu.

— Agora vá, Tomas — ela disse, alisando meu cabelo. —

Daqui a uma hora, mais ou menos, venho buscar você. Divirta-se e comporte-se.

E ela se foi.

Eu ainda estava vacilante. Pela porta de vidro, vi um grupo agitado de crianças aglomerado no fundo da biblioteca. A maioria era da minha escola. Lá estava Frano, um menino de cabelo espetado. Lá estavam também Ana, Cristina, Dani, Antônio e uma dúzia de outras crianças. Não havia ninguém da minha classe. Não havia nenhum amigo meu. Todas aquelas crianças eram mais novas do que eu. Algumas eram até novas demais para ir à escola. Uns "pirralhos", era assim que meu pai chamava as crianças daquela idade. Acabei resolvendo que não ia ficar, que ia embora antes que alguém me visse, que ia sair correndo para as montanhas. Mais tarde eu enfrentaria a fúria da minha mãe. Então notei que as crianças se empurravam e se acotovelavam, como se estivessem querendo ver melhor alguma coisa. Decerto era alguma coisa muito interessante, e, como eu não conseguia enxergar o que as deixava tão ansiosas, resolvi me aproximar. Foi assim que me vi entrando na biblioteca, passando pelas estantes, caminhando na direção daquele monte de crianças agitadas, no fundo da sala.

Para que ninguém me visse, fiquei meio escondido atrás de uma estante, observando tudo a uma distância segura. Então as crianças começaram a se acomodar, sentando-se no tapete. Para minha surpresa, e inexplicavelmente, ficaram todas quietas, imóveis e atentas. Foi nesse momento que o vi pela primeira vez, sentado ali no fundo, um pouco adiante do grupo. Um unicórnio! Um unicórnio vivo, de verdade! Ele estava sentado, imóvel, com os pés enfiados por baixo do corpo e a cabeça voltada para nós. Parecia estar olhando direto para mim. Sou capaz de jurar que seus olhos também sorriam para mim. Ele era totalmente branco, como são os unicórnios. A cabeça, o corpo, a crina e a cauda, tudo era branco, menos o chifre dourado e os cascos pretos. E seus olhos eram azuis e brilhantes. Depois de um instante percebi que de fato não era um unicórnio de verdade. Era imóvel demais para ser real, seu olhar era muito fixo e vidrado.

De repente senti muita raiva de mim mesmo por ter sido tão estúpido a ponto de acreditar que ele estivesse vivo. Eu sabia muito bem que não existiam unicórnios de verdade. Claro que sabia. Era evidente que aquele unicórnio era de madeira. Era uma escultura de madeira pintada. No entanto, mesmo bem de perto ele parecia vivo. Era tão igual a um

unicórnio de verdade, tão mágico e misterioso, que se ele levantasse e saísse trotando não me surpreenderia nem um pouco.

De pé ao lado dele estava uma moça, também imóvel. Ela tinha um xale claro e florido nos ombros e sua mão estava pousada na crina lisa do unicórnio. A moça decerto me notou meio escondido, ainda indeciso e vacilante, pois de repente acenou para que eu me aproximasse. Todos se voltaram para me olhar. Resolvi que ia sair correndo, e comecei a recuar.

— Tudo bem — ela disse. — Venha só se você quiser.

Alguns momentos depois, lá estava eu junto com as outras crianças, sentado no chão, com as pernas cruzadas à minha frente, olhando para ela e esperando. A moça afagava

o unicórnio e alisava seu pescoço. Depois, com muito cuidado, sentou nas costas dele. Tratava-o como se ele fosse de verdade, como se não quisesse assustá-lo. Acariciava-lhe a testa com as costas da mão. Sua mão era pequena, delicada e elegante, aliás toda ela era assim. À minha volta tudo era silêncio, um silêncio de expectativa. Ninguém se mexia. Nada acontecia. Ninguém dizia nada.

De repente, Ana, que estava sentada ao meu lado, falou:

— A história do unicórnio, senhorita. Queremos a história do unicórnio.

E todos passaram a pedir ao mesmo tempo:

— A história do unicórnio! A história do unicórnio!

— Muito bem, crianças — disse a moça, levantando a mão para tranquilizar todo o mundo. — Então vamos começar pela história do unicórnio.

Fez uma pausa e fechou os olhos por um momento. Depois os abriu, olhou direto para mim e começou.

— Olhem pela janela! Está chovendo, não é? Já imaginaram o que aconteceria se nunca mais parasse de chover? Esta história conta o que aconteceu há muito, muito tempo, quando um dia começou a chover sem parar. Chovia, chovia e continuava chovendo. E tudo começou porque Deus ficou muito zangado ao ver que o mundo estava cheio de gente muito perversa. Uns não se importavam com os outros, nem com o belo mundo em que viviam. As pessoas tinham se tornado cruéis, egoístas e ambiciosas, e Deus resolveu lhes dar uma lição que elas nunca mais esqueceriam. Concluiu que a única maneira de fazer isso era destruir toda aquela gente má. Só que ele precisava ter a certeza de que as poucas pessoas que eram boas e generosas sobreviveriam. E os animais também, pois afinal nunca tinham feito nenhum mal, não é? Desse modo, tudo começaria de novo, o mundo teria uma nova chance.

"Então Deus foi ter com o homem mais sábio e bondoso do mundo, um velho chamado Noé. Pediu-lhe que construísse um barco bem grande, uma arca de madeira. Teria que ser imensa, pois, além de Noé e sua família, a embarcação deveria abrigar um casal de cada espécie animal que houvesse na terra. Assim, Noé e sua família abateram as maiores árvores que encontraram. Serraram a madeira em tábuas e começaram a construir uma arca gigantesca, exatamente como Deus tinha ordenado."

A moça sentada no unicórnio tinha a voz tão suave que precisei me inclinar para a frente para conseguir ouvi-la. Eu não queria perder uma palavra.

— É claro — ela continuou — que todos os vizinhos acharam que aquela família tinha enlouquecido. Para construir um navio no meio do campo, só mesmo perdendo o juízo. Noé e sua família não se importaram com os comentários. Ignoraram os vizinhos e continuaram sua obra. Levaram muitos e muitos anos para construir aquela arca enorme. Quando terminaram, saíram à procura dos animais, e foram levando para dentro da arca dois de cada espécie, um macho e uma fêmea. Eram leões, tigres, elefantes e girafas, vacas, porcos, carneiros e cavalos, cervos, raposas, texugos, lobos e ursos, vombates e cangurus. E também besouros, borboletas, gafanhotos e uma infinidade de outros insetos. No entanto, por mais que procurassem, não conseguiam encontrar nem um unicórnio, muito menos um casal.

"Ora, como todas as crianças, os netos de Noé adoravam unicórnios. Passaram dias, semanas e meses vasculhando os campos e florestas à procura de unicórnios. Então a chuva começou a cair. Era uma chuva densa, pesada, uma chuva violenta e constante, como ninguém jamais tinha visto. Abrigados na arca, que agora levava um casal de cada espécie animal, menos de unicórnios, Noé e sua família viam os lagos e rios transbordarem, viam a terra se inundar debaixo deles, até que sentiram a arca flutuar. Os vales transformaram-se em imensas torrentes. Todas as cidades e aldeias eram varridas pela água, juntamente com seus habitantes perversos. E a chuva continuou por dias e dias. A única coisa que se avistava da terra eram alguns cumes de montanhas, aqui e ali.

"Apesar de estarem sãos e salvos dentro da arca, Noé e sua família não estavam nada felizes, sobretudo as crianças. 'E os unicórnios? Nós não salvamos os unicórnios!', elas choravam, inconsoláveis.

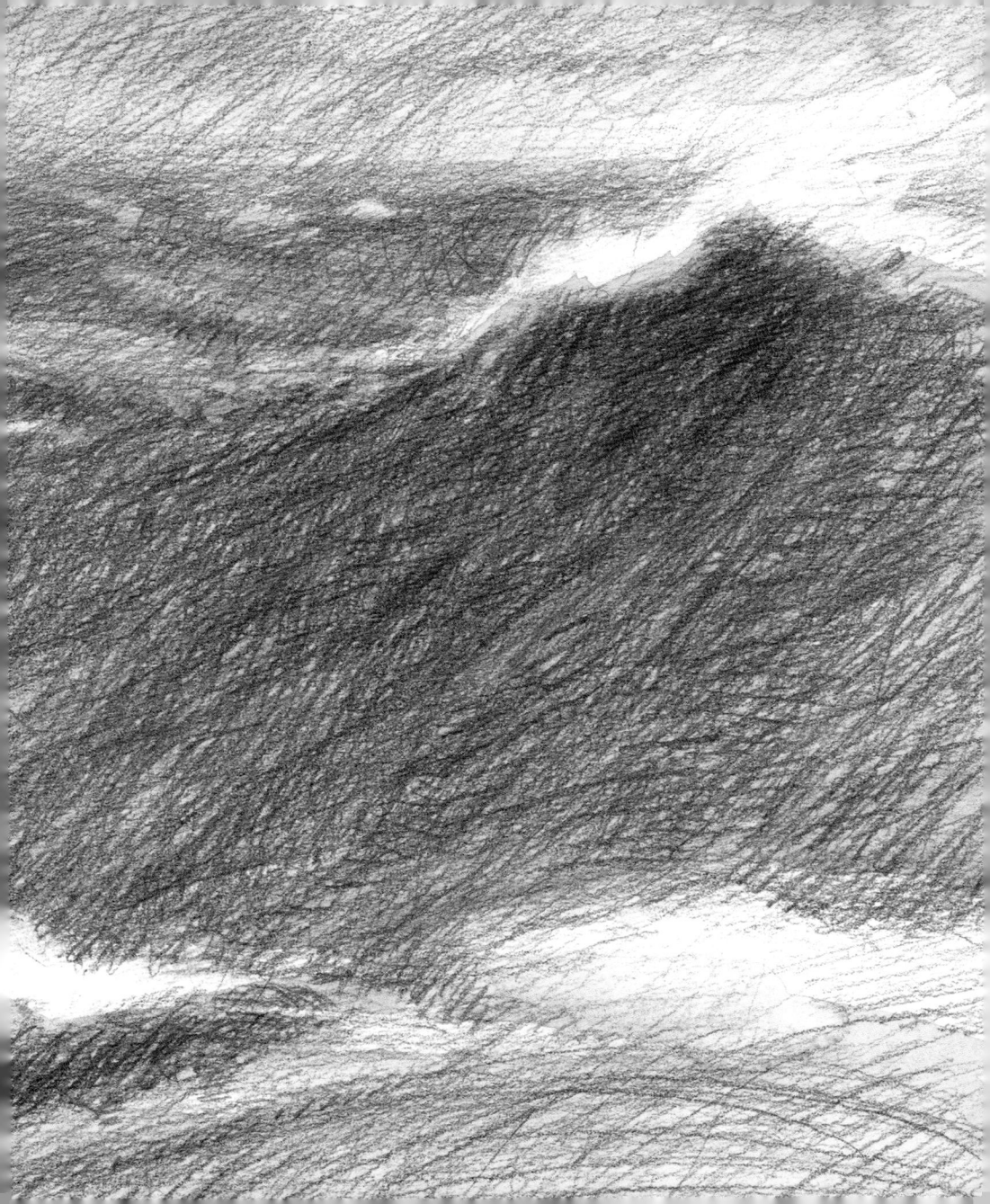

"Noé, então, teve uma ideia: 'Vou fazer um unicórnio de madeira para vocês. Vai ficar quase igual a um unicórnio de verdade. Vocês poderão montar nele. E, como os unicórnios são criaturas mágicas, ele vai nos trazer a sorte de que vamos precisar nesta jornada.' Assim, Noé esculpiu um unicórnio de madeira para seus netos. Era como este, esplêndido, lindo e mágico. As crianças adoravam brincar com o unicórnio, e às vezes Noé se sentava nas costas dele e contava histórias lindas.

"Não foi culpa de Noé, nem de seus filhos, nem de seus netos. Estavam todos ocupados em alimentar os animais da arca. Ninguém viu, ninguém soube que, do alto de uma montanha, os dois últimos unicórnios que tinham sobrado na terra viram a arca passar flutuando. Eles relincharam e chamaram, se empinaram e agitaram as patas no ar. Sacudiram a cabeça e balançaram a crina, mas foi inútil. A arca passou e desapareceu no horizonte. Os unicórnios ficaram encurralados no alto da montanha, à mercê da chuva e do vento, cercados por um mar bravio. Os lampejos dos raios atravessavam as nuvens. Os rugidos dos trovões rolavam por toda parte. Tornados rodopiavam e se retorciam, açoitando os mares com fúria. A terra inteira naufragava, devastada pelo gigantesco dilúvio.

"Quanto aos pobres unicórnios ilhados, a água foi subindo, subindo, cobriu suas patas, depois chegou à altura de suas costas, até que eles foram obrigados a nadar. Nadaram durante horas, dias e semanas. Então, finalmente, a chuva parou e o céu clareou, mas ainda não havia terra à vista. Os unicórnios continuaram nadando, sempre na esperança de encontrar terra firme, mas isso nunca aconteceu.

"Depois de algum tempo, as águas foram baixando e, muito longe dos unicórnios, a arca de Noé encalhou no alto do monte Ararat. Conforme as instruções de Deus, Noé soltou os animais, dois a dois, para que eles voltassem a po-

voar a terra. Eram animais de todas as espécies, desde gafanhotos até girafas. Com a madeira da arca, Noé construiu uma casa para morar com sua mulher, e o resto de sua família se espalhou pelo mundo. Isso aconteceu há muito, muito

tempo. Agora a terra é habitada por milhões e milhões de pessoas, entre as quais vocês e eu. Assim, de certo modo, somos todos descendentes de Noé."

Por alguns instantes, todos ficaram calados. Então uma das crianças perguntou:

— O que aconteceu com o casal de unicórnios?

— Era isso que eu ia contar agora — a moça respondeu. — Os dois unicórnios continuaram nadando. Nadaram tanto, durante tantos anos, que no fim já não precisavam das pernas.

Lentamente, muito lentamente, eles foram se transformando em baleias. Na forma de baleias conseguiam nadar mais facilmente, podiam buscar alimento no fundo do mar quando sentiam fome e, é claro, podiam voltar à superfície quando tinham necessidade de ar. E, ao longo dessa transformação, não perderam seus poderes mágicos nem seus chifres. Por isso, até hoje existem no mar baleias com chifres de unicórnio. São os narvais.

A moça inclinou-se para a frente e sua voz se tornou um sussurro:

— Às vezes, quando os narvais se cansam da imensidão do mar e sentem vontade de ver as crianças e ouvir sua risada, eles nadam até uma praia, em noite de lua cheia, e se transformam novamente em unicórnios. São unicórnios mágicos e magníficos, como este. Portanto, crianças, eu acredito em unicórnio, acredito mesmo.

A história terminou e, durante algum tempo, ninguém

disse uma palavra. Era como se estivéssemos acordando de um sonho que não queríamos que terminasse. Depois, a moça contou outras histórias, e também recitou alguns poemas. Ao lado dela, no chão, havia uma sacola de livros. Ela dizia que eram "livros especiais", os livros de que mais gostava. Às vezes lia algum deles. Outras vezes inventava histórias, ou talvez as soubesse de cor, não tenho certeza. Com todas as histórias que ela contava e todas as poesias que recitava era a mesma coisa: eu nunca queria que terminassem. E, quando terminavam, eu sempre queria mais.

— Pronto, crianças — ela disse, fechando o livro que tinha

acabado de ler. — Agora é a vez de vocês. Quem quer nos contar uma história?

Uma mão se levantou. Era Frano, o menino do cabelo espetado.

— Eu! Posso contar uma história, senhorita?

Frano sentou nas costas do unicórnio e contou a história de um pato que não sabia grasnar como os outros patos. Ele só sabia falar, por isso os outros patos o consideravam estúpido e caçoavam dele. Depois foi Ana quem contou uma história, depois foi outra criança, e depois outra. Todo o mundo queria sentar no unicórnio mágico. Fiquei com vontade de tentar, mas ao mesmo tempo me apavorei. Não queria bancar o bobo e morria de medo de falar na frente de todo o mundo. Assim, não levantei a mão e só fiquei ouvindo as histórias dos outros. O tempo passou voando. No caminho de volta para casa, minha mãe perguntou se eu tinha me divertido e se tinha gostado das histórias.

— Foi tudo bem — eu disse, vagamente, sem querer dar o braço a torcer.

No dia seguinte, na escola, falei a alguns colegas sobre a Dama do Unicórnio, como os pirralhos a chamavam. Falei das histórias que ela contava e do poder mágico do unicórnio. Disse que eles precisavam ir à biblioteca para ver e ouvir tudo pessoalmente. Ninguém se animou muito. Histórias e poesias não despertavam muito entusiasmo entre meus colegas. Mesmo assim, aquela tarde, acho que por curiosidade, um ou dois deles foram comigo à biblioteca. Um ou dois foi o suficiente, pois logo eles eram alguns, e esses alguns se tornaram muitos. Na hora do recreio, uns falavam aos outros sobre a Dama do Unicórnio, e o pequeno grupo da biblioteca foi crescendo, crescendo, até que se tornou uma multidão. Saíamos da escola e descíamos correndo para a biblioteca, para conseguir um bom lugar no tapete, o mais perto possível do unicórnio e da Dama do Unicórnio. Ela nunca nos decepcionou. Todas as histórias que contava nos encantavam, mesmo as repetidas. Acho que era sua maneira de contar, como se cada um de nós fosse a única pessoa a quem se dirigia e como se cada história não pudesse deixar de ser real e verdadeira, por mais improvável e fantástica que fosse. Ela parecia acreditar, de fato, em tudo o que contava. Então nós também acreditávamos. Todos os dias eu tinha uma vontade enorme de ir até o unicórnio mágico e contar uma história, como os outros faziam, mas não conseguia me livrar do medo, não conseguia criar coragem de levantar a mão.

Uma tarde, cheguei à biblioteca antes de todo o mundo e me sentei no melhor lugar do tapete, bem perto do unicórnio. A Dama do Unicórnio enfiou a mão na sacola de livros "especiais" e tirou um livro que eu nunca tinha visto. Levantou-o para que todos vissem. Era um livro velho e meio desmantelado. A lombada estava colada com fita adesiva e a capa era tão encardida que mal consegui ler o título.

Parecia até meio chamuscado, pois suas beiradas estavam escurecidas.

— Crianças — disse a Dama do Unicórnio —, para mim este é o livro mais especial do mundo. É meu exemplar de *A pequena vendedora de fósforos*, de Hans Christian Andersen. Lembram-se dele? Foi quem escreveu *O patinho feio*, não é? E *A rainha da neve*. Talvez vocês achem que este livro não vale grande coisa, mas eu o ganhei do meu pai quando era menina. Por isso, para mim ele é muito especial. Muito especial mesmo.

— Parece chamuscado. Alguém o queimou? — perguntei.

— Queimou, sim, Tomas.

— Por quê? O que aconteceu?

Ela demorou um pouco para responder. Uma sombra de tristeza passou por seu rosto. Então começou a falar, e sua voz tremia tanto que pensei que ela fosse chorar.

— Quando eu era pequena, menor ainda do que vocês, eu morava num outro país. Naquele tempo, o país era governado por gente perversa, gente que temia a magia das histórias e das poesias, que tinha medo do poder dos livros. Essas pessoas sabiam que histórias e poesias ajudam a pensar e a sonhar. Os livros levam a fazer perguntas. E essas pessoas não queriam que ninguém pensasse nem sonhasse, e, principalmente, não queriam que ninguém fizesse perguntas. Queriam que todos nós pensássemos como elas, que acreditássemos no que elas acreditavam, que fizéssemos tudo o que nos mandassem fazer. Um dia, na minha cidade, essas pessoas entraram em todas as bibliotecas, livrarias e escolas, e tiraram os livros de que não gostavam, que eram quase todos. No meio da praça, soldados de botas pretas e camisa marrom fizeram uma fogueira enorme com aqueles livros. E, enquanto os livros se transformavam em chamas, sabem o que os soldados faziam? Eles aplaudiam. Dá para acreditar? Aplaudiam. Eu estava lá com meu pai, vendo tudo acontecer.

"De repente ouvi meu pai gritar: 'Não! Não!'. Ele avançou, tirou um livro do fogo e, com as mãos nuas, tentou abafar as chamas. Os soldados puseram-se a gritar. Saímos correndo, mas eles vieram atrás de nós e nos alcançaram. Jogaram meu pai no chão, começaram a chutá-lo, a espancá-lo, atacando-o com baionetas e espingardas. Meu pai se debatia, tentando proteger-se o mais possível, só que não largou o livro, e não o largaria, por mais que apanhasse. Tentaram arrancá-lo de suas mãos, mas não conseguiram. Este foi o livro que ele segurou até o fim, este foi o livro que ele salvou. Por isso é meu livro favorito, o livro mais especial do mundo."

Ela olhou para nós. Aos poucos a sombra foi sumindo de seu rosto e ela sorriu.

— Além disso — continuou —, *A pequena vendedora de fósforos* é uma história linda. Tomas, será que você não quer sentar no unicórnio e ler esta história para nós? Você não sentou no unicórnio nem uma vez, não é?

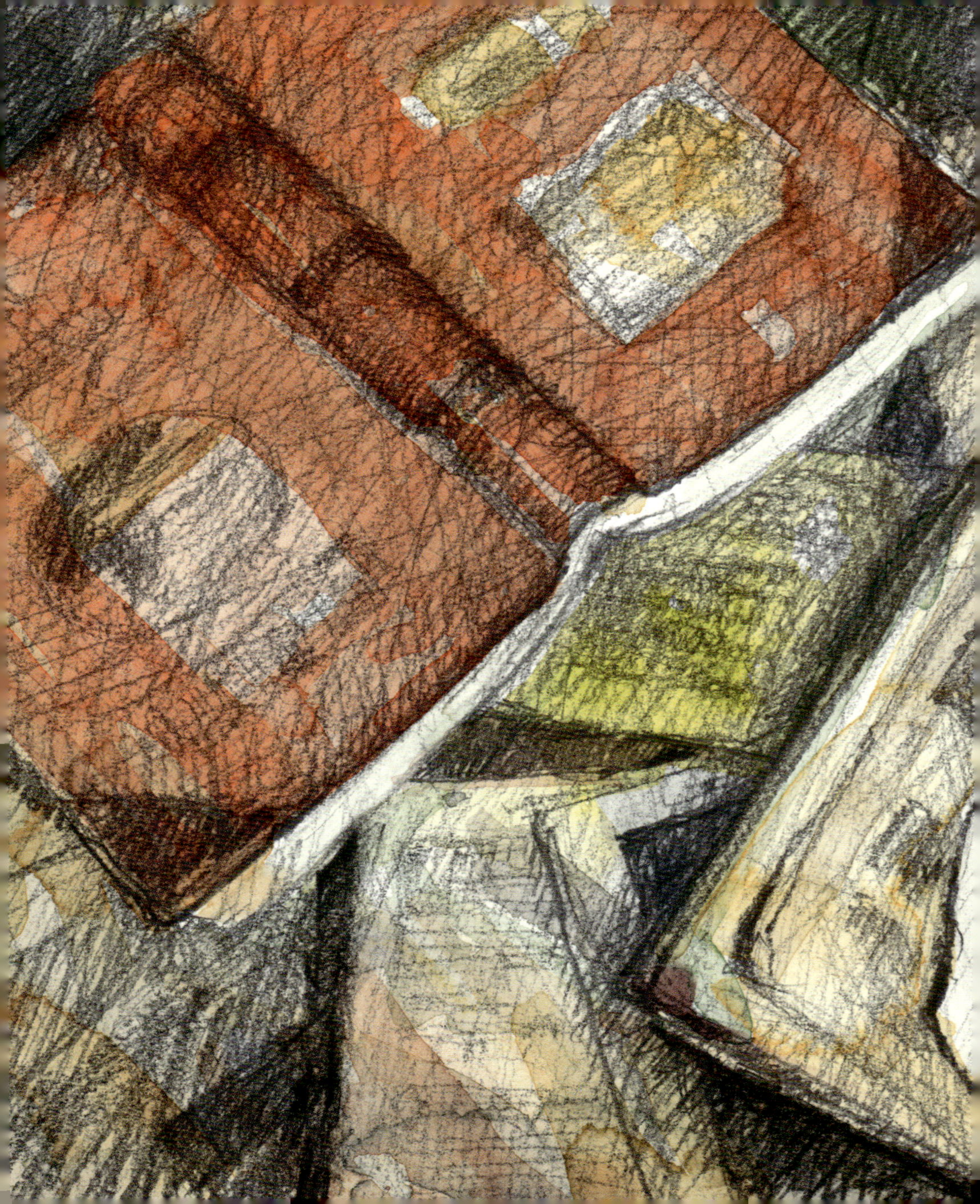

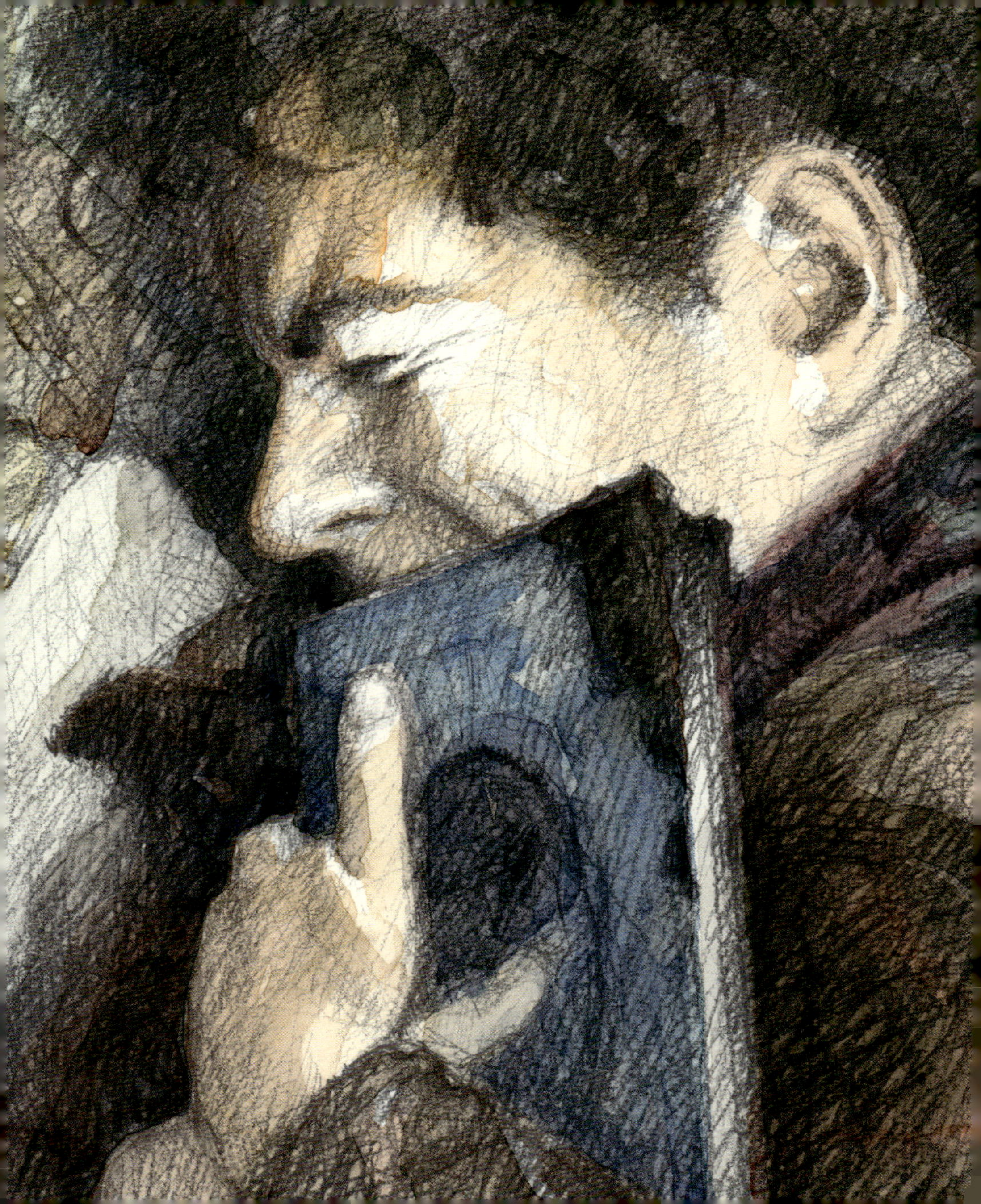

Todos olhavam para mim, esperando. Eu estava com a boca seca. Fiquei apavorado, achei que não ia conseguir.

— Venha — ela disse. — Venha sentar-se ao meu lado no unicórnio.

Na escola, nunca fui bom em leitura em voz alta. Sempre gaguejava nas consoantes, principalmente no "c". Morria de medo das palavras longas, pois todos zombariam de mim se não conseguisse lê-las direito. Mas então, sentado ali no unicórnio mágico, comecei a ler, e todo o meu pavor simplesmente desapareceu. Ouvi o som forte e alto de minha voz. Era como se estivesse sozinho nas montanhas, cantando alto, soltando a voz alegremente. As palavras dançavam como música no ar, e eu sentia todos ouvindo. Sabia que não era a mim que estavam ouvindo, mas a história da *Pequena vendedora de fósforos*, pois estavam tão fascinados por ela quanto eu.

Aquele dia peguei o primeiro livro emprestado na biblioteca. Escolhi *Fábulas de Esopo* porque gostava dos seus animais. A Dama do Unicórnio já tinha lido aquelas fábulas para nós, e eu as tinha adorado. Na hora de dormir, quando minha mãe foi me dar boa-noite, li as fábulas em voz alta para ela. Pela primeira vez não foi ela que leu uma história para mim. Meu pai ficou ouvindo da porta e bateu palmas quando terminei. "Foi mágico, Tomas. Mágico!", ele disse. Seus olhos estavam cheios de lágrimas, e eu imaginava que fossem de orgulho. Como era bom ele ter orgulho de mim! Aquela noite minha mãe me abraçou mais forte do que nunca. Nem conseguia falar, de tão surpresa. Como era bom surpreender minha mãe!

Então, uma manhã de verão, a guerra chegou a nosso vale. Antes daquele dia eu já tinha ouvido falar alguma coisa sobre a guerra, porém não sabia o que significava nem por que estava acontecendo. Sabia que alguns homens da aldeia tinham partido para lutar: o carteiro Ivan Zec, Pavo Batina da fazenda vizinha à nossa, Tono Raguz, irmão de Frano, mas

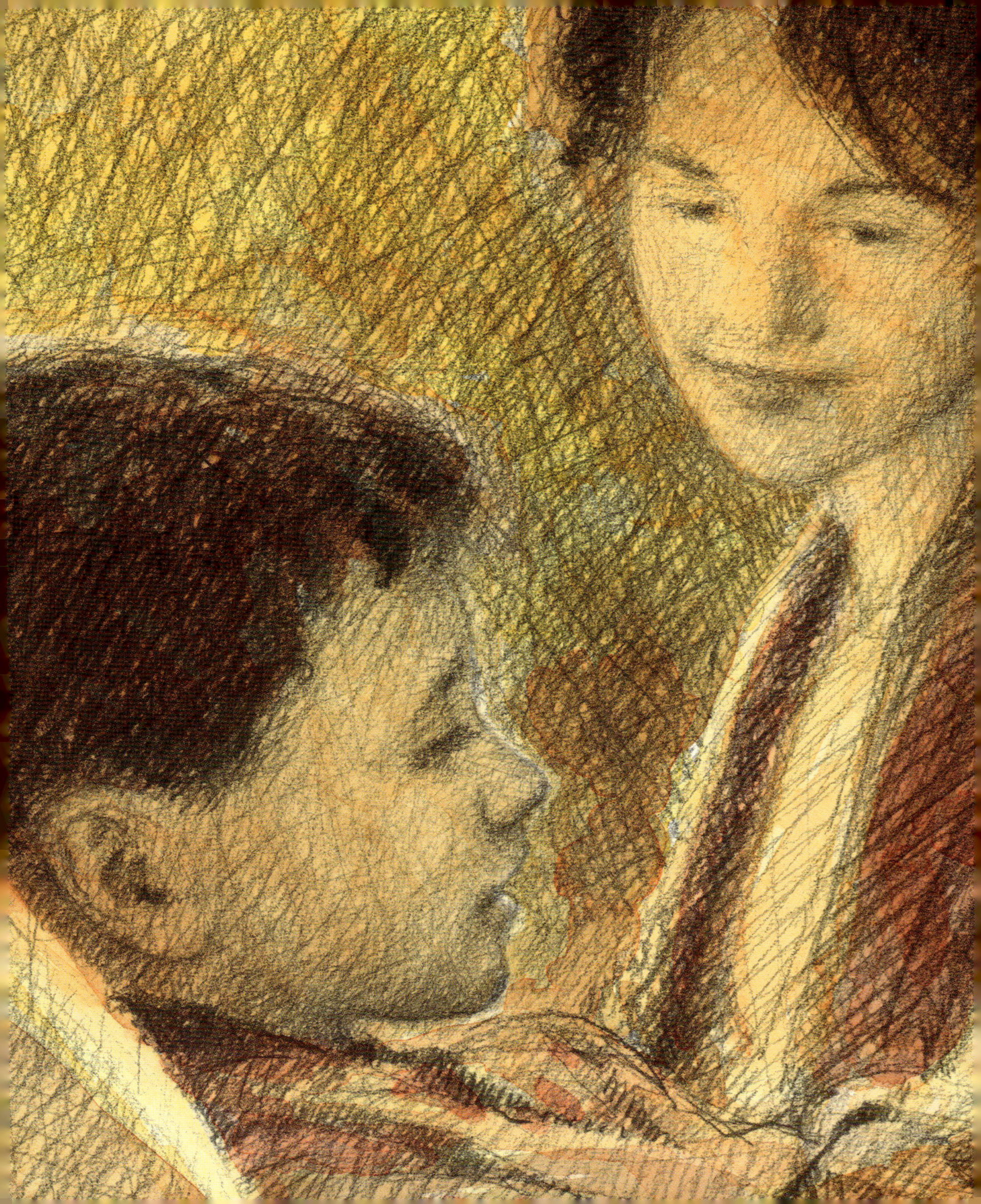

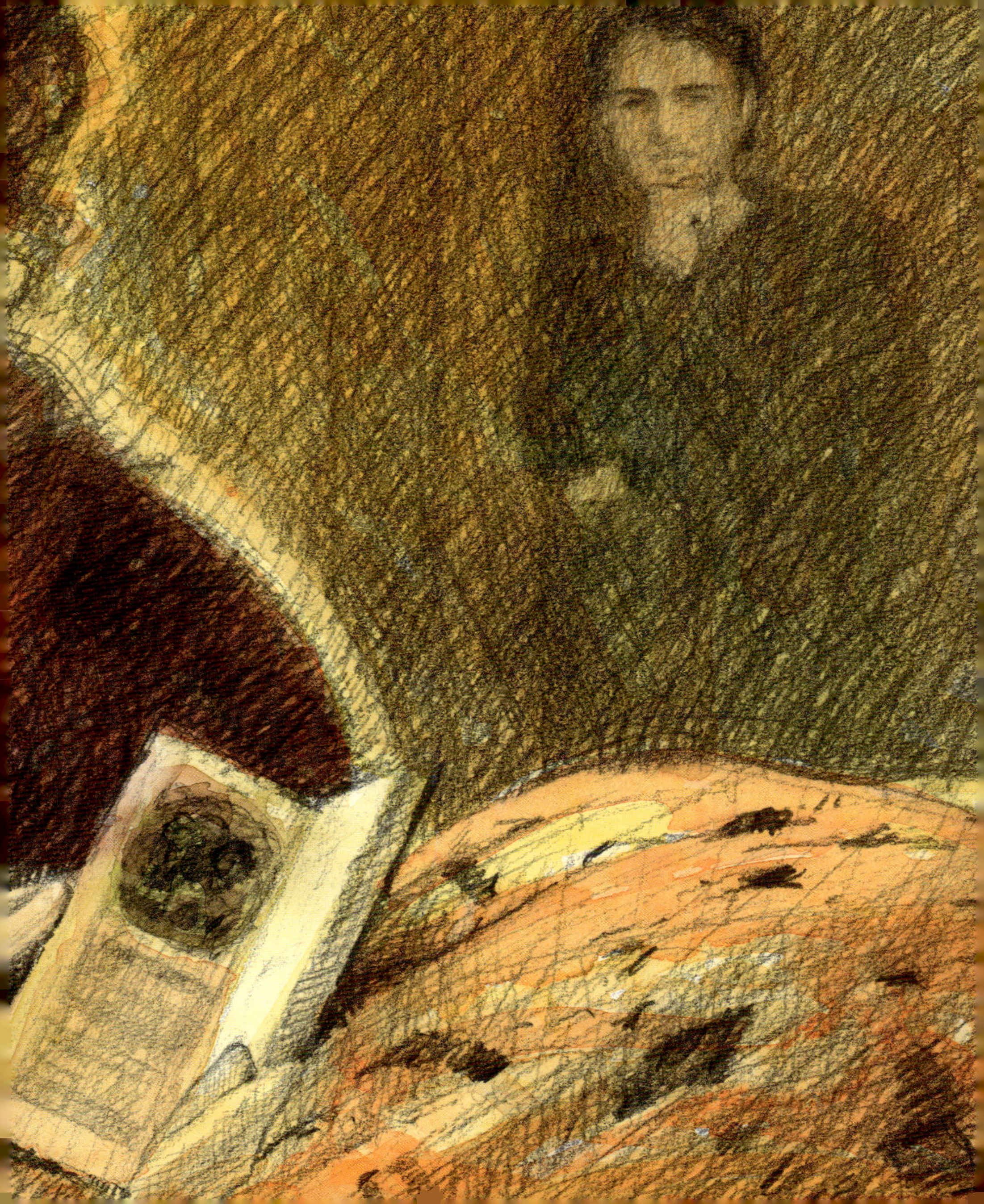

não sabia ao certo por que nem onde estavam. Algumas vezes tinha visto na televisão soldados andando em tanques pelas ruas, acenando e sorrindo, com os polegares erguidos. Minha mãe dizia que aquilo estava acontecendo muito longe, ao sul, e que eu não precisava me preocupar porque logo tudo ia terminar. Numa de nossas longas caminhadas pela floresta, meu pai tinha dito que nós íamos acabar vencendo e que aquela guerra não chegaria à nossa aldeia.

Lembro-me exatamente do momento em que ela chegou.

Estava tomando café da manhã, ainda com a cabeça pesada de sono. Era dia de escola, um dia comum de escola. Como sempre, minha mãe estava me apressando para terminar. Como sempre, mandou que eu fosse abrir o galinheiro e dar comida às galinhas. Tínhamos uma galinha choca, e eu estava tentando ver se os pintinhos já tinham nascido quando ouvi o barulho de um avião voando muito baixo. Saí do galinheiro e o vi em voo rasante sobre os telhados. Então ele subiu, inclinou-se e arremeteu, cintilando ao sol. Achei lindo, parecia uma imensa águia brilhante. Foi então que as bombas começaram a cair, primeiro lá longe, para além do rio, depois cada vez mais perto. Tudo aconteceu de repente. Minha mãe saiu da casa. Meu pai me pegou pela mão. Aos gritos, eles tentavam se entender sobre quem ia buscar minha avó. Minha mãe gritou para entrarmos, que ela ia à cidade buscar minha avó. Então meu pai e eu corremos pelo campo e entramos na floresta. Escondidos debaixo das árvores, vimos o avião dar uma volta por cima de nós, enquanto uma avalanche de centenas de pessoas deixava a cidade para se embrenhar conosco na floresta. Tínhamos esperança de ver minha mãe e minha avó entre a multidão, mas elas não apareciam. Apesar de já não lançar bombas, o avião ainda passou várias vezes em voo rasante sobre a cidade, até que se elevou acima das montanhas e foi embora. Ficamos aliviados e felizes quando, finalmente, vimos minha mãe e minha avó atravessar o campo ao

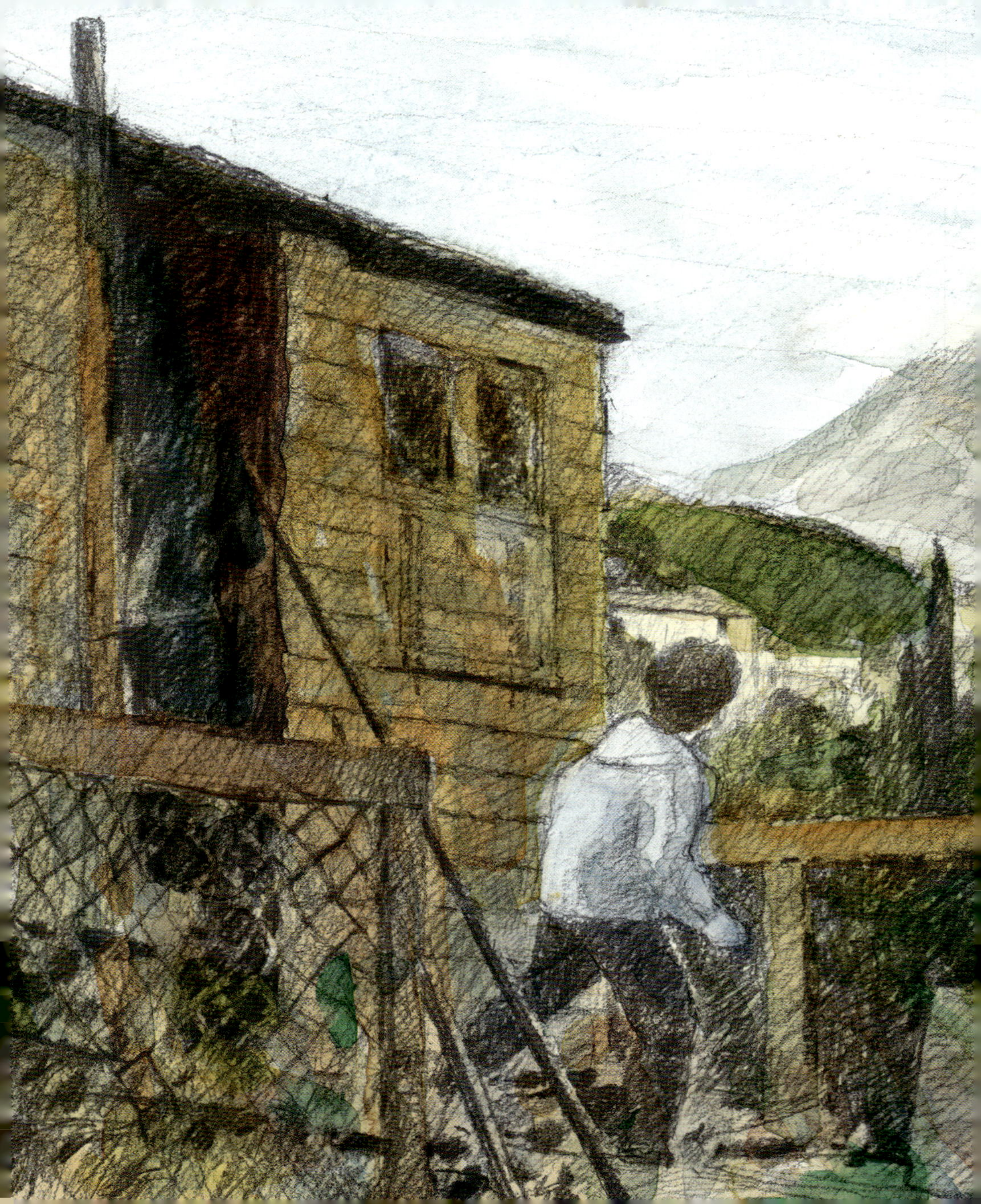

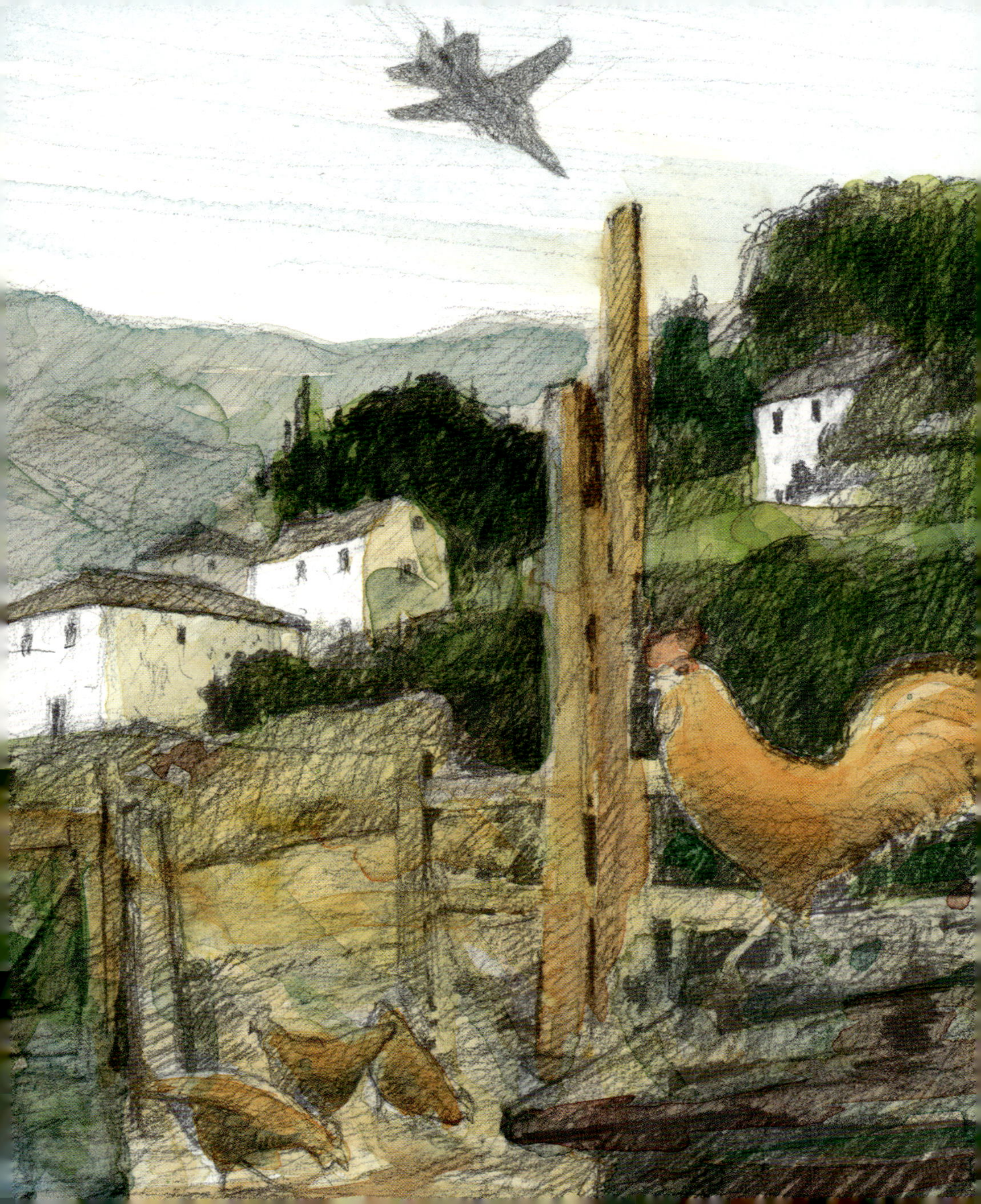

nosso encontro. Saímos correndo do meio das árvores para ajudá-las, e logo voltamos ao abrigo da floresta. Lá nos abraçamos. Nossas testas se tocavam, minha avó rezava alto. Minha mãe se balançava para a frente e para trás, sem chorar, mas gemendo, como se estivesse com muita dor. Acho que eu estava muito assustado para chorar. Foi então que meu pai nos fez prometer que ficaríamos onde estávamos até que ele voltasse para nos buscar. Ele não estava sozinho, havia alguns outros homens com ele. Vi-os descer a colina aos saltos, rumo à cidade. "Aonde eles vão?", perguntei. Minha mãe não respondeu. Ela e minha avó se ajoelharam, movendo os lábios numa prece silenciosa.

Fizemos o que meu pai tinha mandado. Ficamos onde estávamos. De lá víamos tudo. Escondidos na floresta, víamos os tanques e os soldados se deslocando pelas estradas, atirando e explodindo tudo à medida que avançavam. Na cidade, havia fogo por todo lado, de modo que logo ficou difícil enxergar as casas no meio da fumaça. Depois se fez silêncio. Teriam ido embora? Será que estava tudo acabado? Também comecei a rezar: "Por favor, Deus, faça com que isso acabe. Não deixe que os soldados voltem. Por favor, Deus, proteja meu pai." Por longas horas ficamos onde estávamos, sem saber o que fazer, enquanto lá embaixo a cidade se incendiava.

Finalmente vimos um homem subir correndo ao nosso encontro, só que não era meu pai, era o pai de Frano. Ao recuperar o fôlego, disse-nos que os soldados e os tanques tinham ido embora, que agora podíamos voltar para casa em segurança.

— Onde está meu pai? — perguntei.

— Não sei, Tomas, não o vi.

Minha mãe tinha que ajudar minha avó a descer a colina, assim, saí correndo na frente delas. Procurei meu pai em casa, chamei por ele em todos os lugares, mas não tive resposta. No curral, encontrei nossas duas vacas mortas, o porco também.

Havia sangue por todo lado, muito sangue. A casa estava inteira, mas, correndo pela cidade à procura do meu pai, eu só via destruição. Perguntava por ele a todos que encontrava, ninguém o tinha visto. Todos choravam, e agora eu também chorava, porque não conseguia esquecer a terrível cena das vacas, dos porcos e do sangue. E, principalmente, estava começando a temer o pior: que meu pai estivesse morto.

O centro da cidade tinha sofrido os maiores estragos. Não havia quase nenhum prédio em pé. A prefeitura estava em chamas. Todos os carros na rua tinham se transformado em carcaças calcinadas, os pneus de alguns ainda queimavam. Homens e mulheres corriam para todos os lados, tentando apagar o fogo com mangueiras e baldes. Meu pai, no entanto, não estava entre eles. Havia outros simplesmente parados na rua, olhando ao redor, aturdidos. Alguns mal conseguiam responder quando lhes perguntava por meu pai. O velho sr. Liban só balançou a cabeça e soluçou.

Então vi a biblioteca. Chamas saíam pelas janelas do andar de cima. O carro de bombeiros estava na rua, e os homens tentavam acionar as mangueiras.

— Viram meu pai? — perguntei. — Viram meu pai?

Antes que eles respondessem, eu mesmo vi. Vi meu pai e a Dama do Unicórnio no mesmo momento. Estavam saindo da biblioteca, com os braços carregados de livros.

— Procurei você por todo lado — gritei, correndo para ele. — Pensei que tivesse morrido.

Ajudei-os a empilhar os livros nos degraus da escada. Meu pai e eu nos abraçamos com força.

A Dama do Unicórnio olhava para o alto do prédio em chamas.

— Precisamos voltar para buscar mais — ela disse, ofegante. — Não vou deixar que eles queimem os livros. Não vou deixar.

Meu pai foi subindo a escada com ela, e eu quis ir junto.

— Não, Tomas — ele disse. — Fique aqui, tomando conta dos livros que trouxermos.

Os dois entraram correndo na biblioteca e, depois de alguns minutos, apareceram novamente com os braços carregados de livros. Uma multidão começou a se formar na praça.

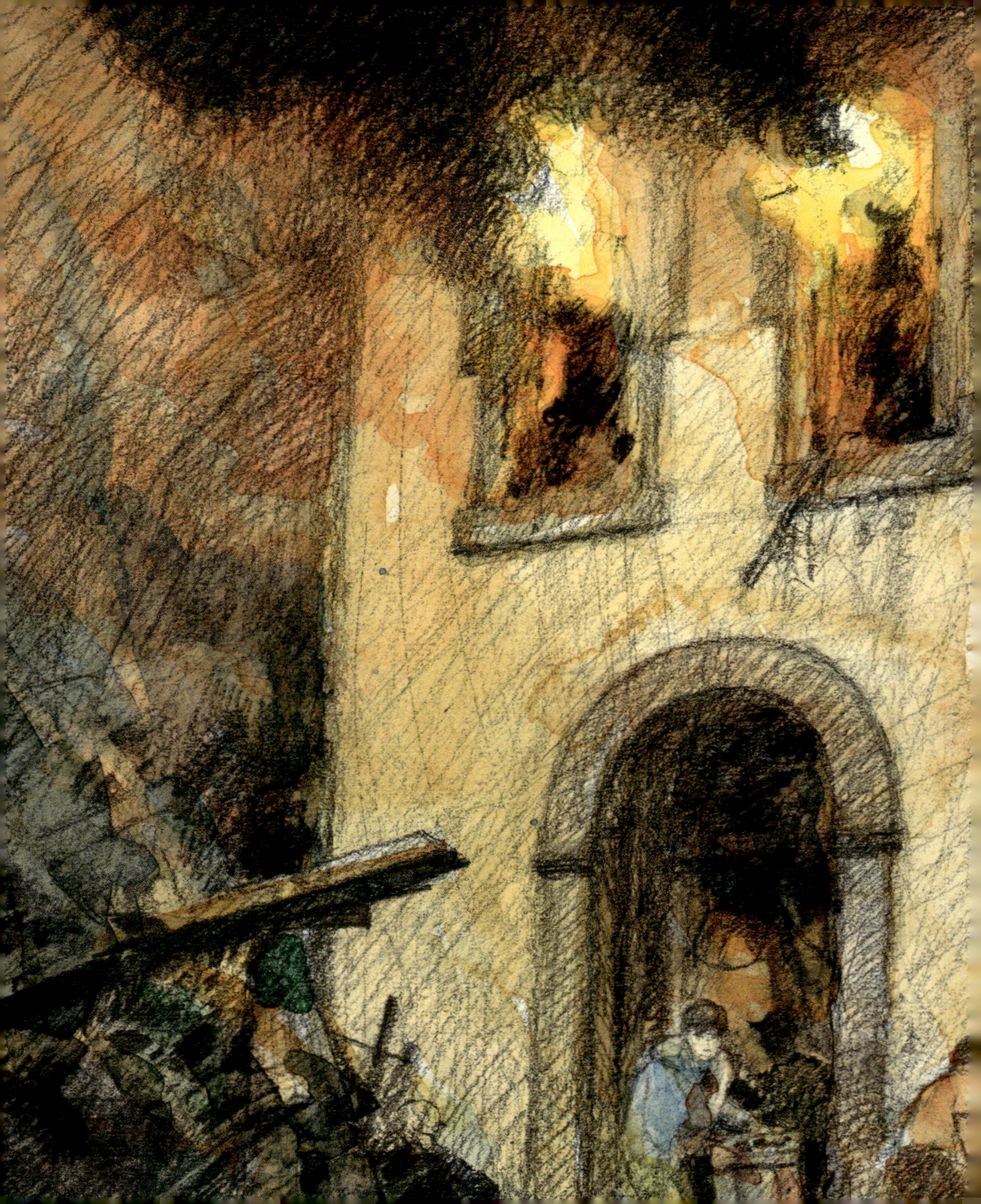

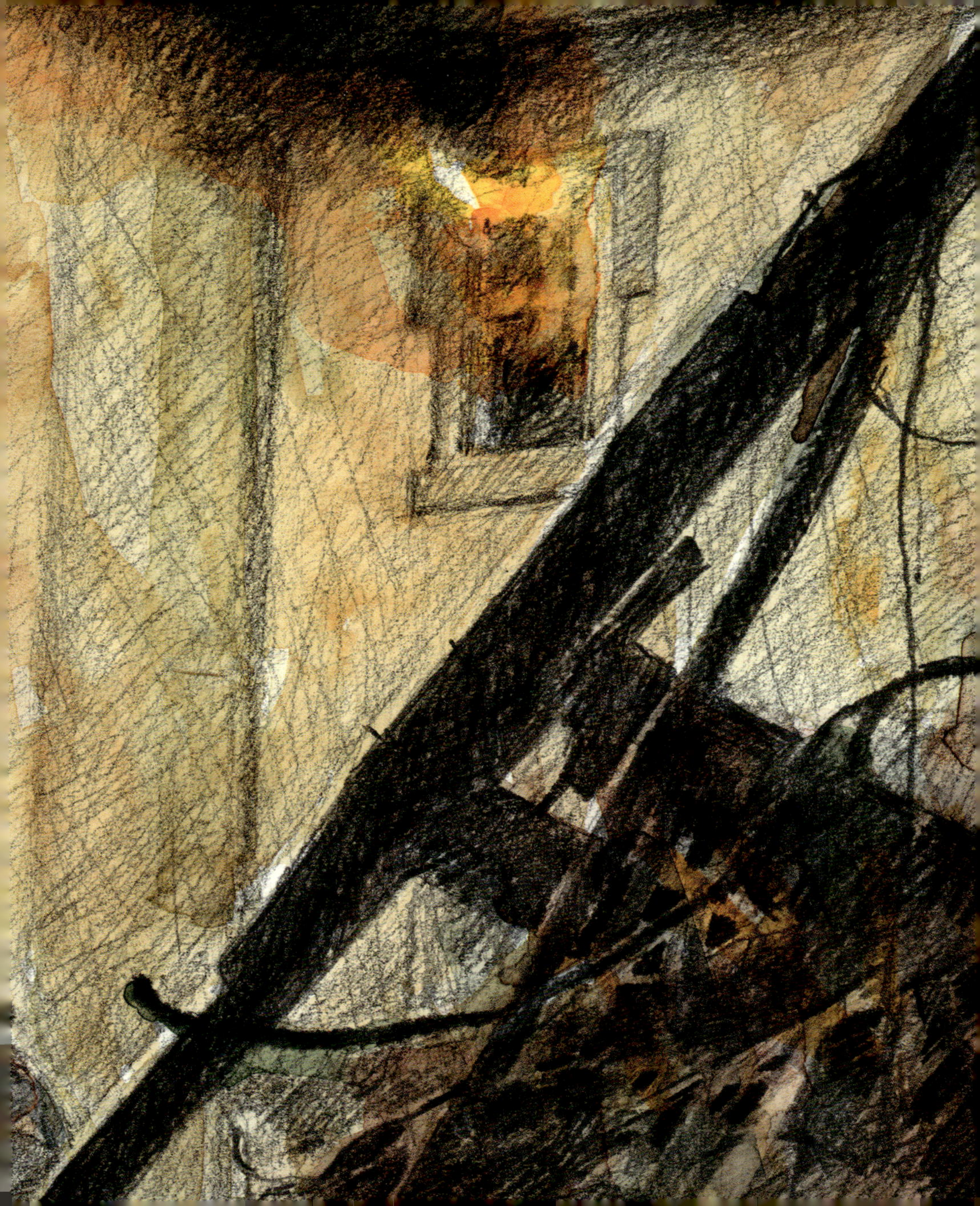

— Precisamos de ajuda! — gritou a Dama do Unicórnio. — Temos que salvar os livros!

Nesse momento, iniciou-se o grande resgate dos livros. De repente, dezenas de pessoas passavam por mim e entravam na biblioteca. Os bombeiros avisavam que era perigoso, porém ninguém lhes dava atenção. Pouco depois um sistema de evacuação de livros estava instalado. Nós, crianças, formávamos duas correntes humanas que atravessavam a praça, desde a biblioteca até o café do lado oposto. Todos os livros resgatados passavam de mão em mão, ao longo das correntes, e eram empilhados no chão e sobre as mesas do café. Quando já não havia espaço no café, passamos a utilizar a mercearia da sra. Danic. Lembro que depois ela nos ofereceu doces de graça por termos trabalhado tanto.

No entanto, a certa altura os bombeiros tiveram que dar fim à operação e não deixaram ninguém mais entrar para pegar livros. Segundo eles, o teto poderia desabar a qualquer momento.

— O unicórnio! — eu gritei. — E o unicórnio?

Não precisava ter me preocupado. Os últimos a aparecer, sujos, com os olhos vermelhos e o rosto coberto de fuligem, foram meu pai e a Dama do Unicórnio, carregando o unicórnio. Estava escurecido, com as costas e as pernas chamuscadas, tinha perdido o rabo, mas sua cara continuava branca e seu chifre, dourado. Os dois vinham vergados sob seu peso, e eu subi a escada para ajudá-los. Enquanto descíamos juntos, todos aplaudiam, e eu sabia que os aplausos eram também para o unicórnio. Quase sem fôlego, a Dama do Unicórnio sentou-se no unicórnio. A sra. Danic lhe trouxe um copo-d'água. Nós, as crianças, nos reunimos em torno dela, esperando que ela se recuperasse para poder falar. Acho que também queríamos ouvir uma história.

— Até hoje, nunca contei isso a ninguém, crianças — ela começou, com a voz rouca, ainda tossindo de vez em quando. — Meu pai esculpiu este unicórnio para mim, quando eu era

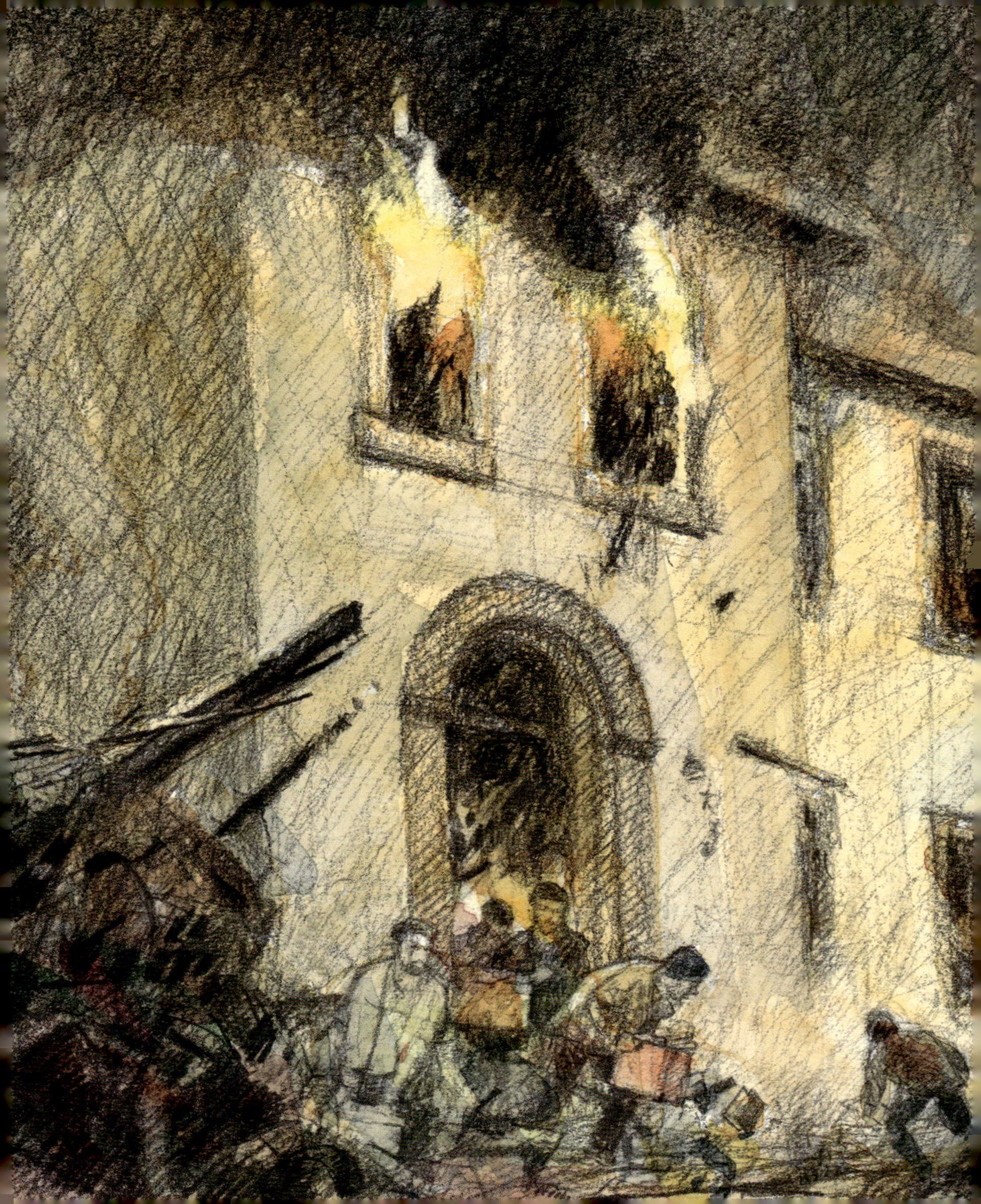

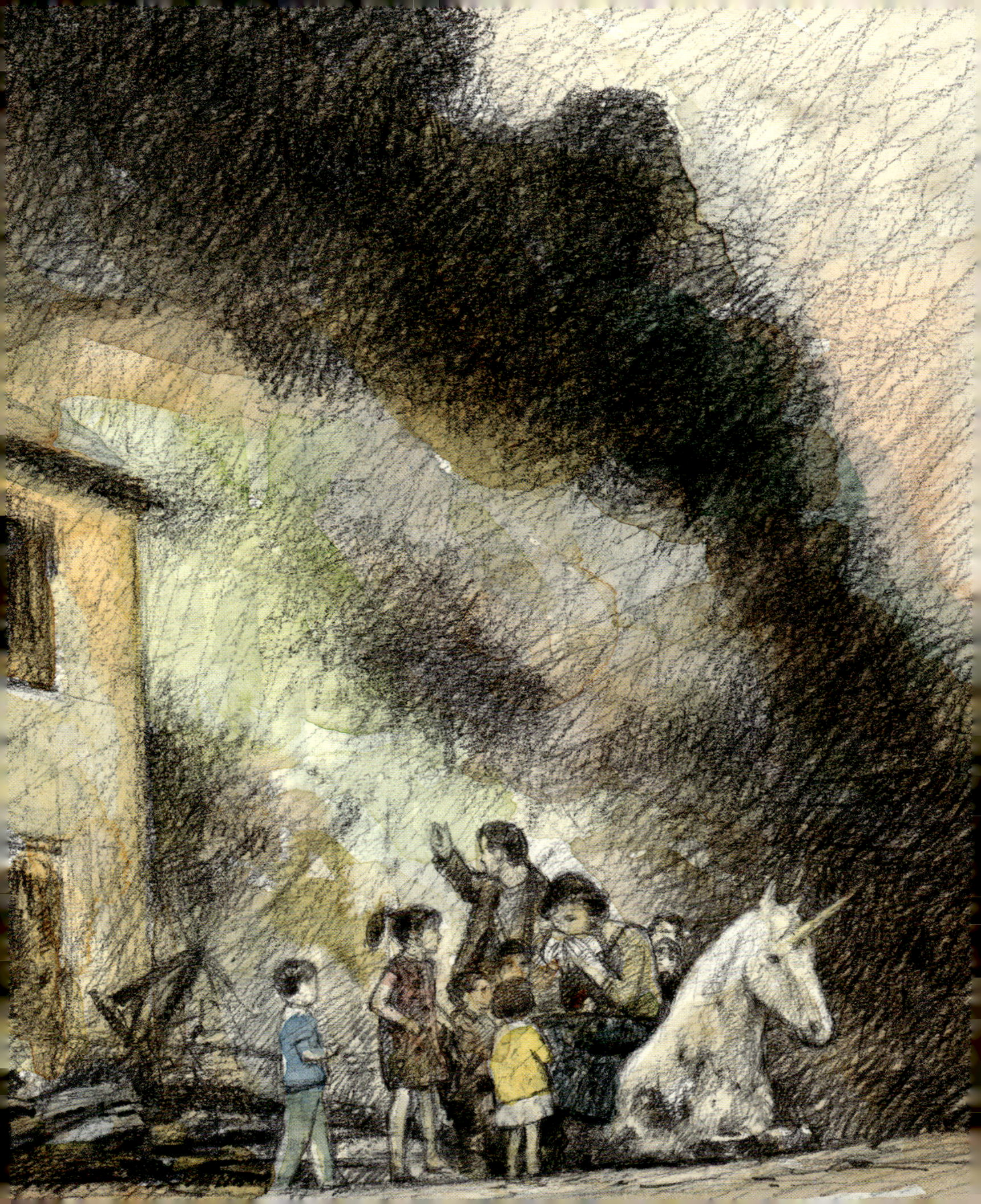

pequena. Dizia que ele era tão mágico quanto um unicórnio de verdade. Sempre suspeitei que fosse, e hoje tenho certeza. Foi o unicórnio que protegeu os livros da biblioteca enquanto as chamas destruíam tudo à sua volta. Ele ficou ao lado dos livros e os salvou — ela sorriu para nós e acrescentou —, com a ajuda dos amigos, é claro.

A moça levantou os olhos para o fogo devastador.

— Não se preocupem, crianças. Vamos restaurar o unicórnio, ele vai ficar branco de novo. Quanto à biblioteca, é apenas um prédio. Eles podem destruir prédios, não podem destruir sonhos. Prédios sempre podem ser reconstruídos. Vamos reconstruir nossa biblioteca, que talvez fique melhor ainda do que antes. Enquanto isso, só temos que encontrar um jeito de guardar todos os livros maravilhosos que conseguimos salvar.

— Que tal na minha casa? — disse Frano. — Alguns podem ficar lá.

— E na minha casa também — disse Ana.

— Ótima ideia — disse a Dama do Unicórnio. — É isso mesmo que vamos fazer. Cada um poderá levar para casa todos os livros que conseguir guardar, para cuidar deles. Lembrem-se de que devem ser mantidos secos, limpos e queridos. Gostar deles é muito importante. Daqui a um, dois ou três anos, quando esta guerra tiver terminado e quando tivermos nossa nova biblioteca, vamos trazer os livros de volta, e também o unicórnio, e voltaremos a contar histórias como antes. Enquanto isso não acontece, que tal encontrarmos um outro lugar para contar nossas histórias? — ela se inclinou para a frente, para que todos nós pudéssemos ouvir bem. — Crianças, para isso basta fazermos com que esta história se torne realidade. Para fazer alguma coisa acontecer, é preciso acreditar de fato que ela vai acontecer. E nós vamos fazer com que ela aconteça, pois eu contei essa história sentada no unicórnio mágico, não é?

Assim, tudo aconteceu exatamente como a Dama do Unicórnio disse que aconteceria. Aquela noite, cada família que ainda tinha um teto sobre a cabeça levou para casa um carrinho de mão cheio de livros, para cuidar deles. E também havia gente que precisava de cuidados, é claro. Eram famílias que tinham perdido suas casas, que tinham perdido tudo. Cada uma dessas famílias foi abrigada em algum lugar. Frano e sua família ficaram na nossa fazenda até conseguirem reconstruir sua própria casa. Ficou meio apertado, é claro. Tive que dividir meu quarto com Frano e com nossa pilha de livros. Quanto aos livros, tudo bem. Já Frano roncava, o que não era tão bom.

Os dias sombrios da guerra terminaram. Com o tempo todas as casas forma reconstruídas, e a biblioteca também. Era exatamente igual à antiga, só que mais nova, é claro. O unicórnio foi restaurado e todos nós levamos os livros de volta para a biblioteca. Assim, a história da Dama do Unicórnio se tornou realidade, conforme ela tinha dito.

No dia em que a nova biblioteca foi inaugurada oficialmente, pediram a meu pai, à Dama do Unicórnio e a mim que carregássemos o unicórnio de volta para dentro dela. Acho que foi porque meu pai e eu tínhamos ajudado a Dama do Unicórnio a carregá-lo para fora, naquele dia terrível. As bandeiras flutuavam, a banda tocava. Todos aplaudiam. Minha mãe e minha avó também estavam lá. Notei que elas gritavam, e fiquei muito contente. O prefeito fez um discurso que começava assim: "Hoje é o Dia do Unicórnio, o dia mais importante que nossa cidade já viveu, o dia em que todos vamos recomeçar juntos." Aquela noite houve fogos de artifício, todos dançaram e cantaram. Nunca me senti tão orgulhoso e tão feliz.

Agora, depois de tantos anos, nosso país voltou a ter paz. Tivemos sorte. Não perdemos muita gente, ao contrário do que aconteceu com tantas outras cidades. Só Ivan Zec, o carteiro, não voltou para casa depois da guerra. Ele morreu num campo de prisioneiros, em algum lugar. E Tonio, irmão de Frano, voltou cego e sem uma perna. Portanto, nem tudo voltou a ser como antes. A verdade é que depois de uma guerra nada volta a ser como antes. Mas a Dama do Unicórnio ainda trabalha na biblioteca da cidade, ainda lê histórias para as crianças depois da aula. Eu também conto, uma vez ou outra, quando ela me pede, pois agora sou um escritor, um inventor de histórias. E, se uma vez ou outra perco o fio da minha história, vou até a biblioteca, sento no unicórnio mágico e minha história volta a fluir.

Portanto, eu acredito em unicórnio — acredito mesmo.